WAT MUHT, DAT MUHT

Flying Kiwi

Die Deutsche Bibliothek verzeichnet diese Publikation in der Deutschen Nationalbibliografie;
detaillierte bibliografische Daten sind im Internet über http://dnb.de abrufbar.
Schmidt, Kim: Die Local Heroes Band 20, Wat muht, dat muht, Dollerup: Flying Kiwi Verl. 2019
ISBN 978-3-940989-38-3

Die Local Heroes erscheinen regelmäßig u.a. in allen Zeitungsausgaben des SH:Z
und im Bauernblatt Schleswig-Holstein

Flying Kiwi Media GmbH
Schulstr. 5
24989 Dollerup
Tel.: (0 46 36) 97 68 299, Fax: (0 46 36) 97 68 298
Email: info@flying-kiwi.de

Erste Auflage 2019
Druck: Druckhaus Leupelt, Handewitt
Innenteil gedruckt auf Recyclingpapier

Besuchen Sie uns auch im Internet unter
www.flying-kiwi.de
www.flying-kiwi-shop.de
www.kim-cartoon.com
www.comiczeichenkurs.de
www.guellerup.de
www.facebook.com/kimschmidtcomiczeichner

STREUDIENST
MACKER! DOCH NICHT HIER, WO WIR GLITSCHEN!

NICHT JAMMERN, NACH VORN BLICKEN, UND DIE GANZE SCHEISSE VOM LETZTEN JAHR HINTER SICH LASSEN !

So! HABT IHR ALLE EUREN FITNESS-TRACKER AM START?
SL 12

WENN BIIKE IS
HAB ICH IMMER
SO'N JIEPER AUF
STOCKBROT!

WIR SIND DER NATUR WEGEN AUFS LAND GEZOGEN !

AIR B'n B
FeWo
FREMDENZIMMER
Pension Erika
FeWo frei
URLAUB auf dem Land 150m
Bed & Breakfast
MERKSTE WAT? DER FRÜHLING KOMMT!

DA WERDEN DIE GEMOLKEN.

MANN, DIE POSTEN AUF INSTAGRAM ECHT JEDEN MIST!
KIM

ICH MACH HIER URLAUBSVERTRETUNG!

ENDLICH HAM WIR RUHE VOR DER GÖRE!
GRETA STICHT IN SEE
Es Gibt Keine 2.
SAVE
E PLANET
Ei DAY for FUTURE
Stoppt den Klima-wandel!

DANN ZEIG MAL, WAS DU DRAUF HAST!

HEE, KOLLEGE!
HEUTE IST
TAG DER ARBEIT!

ER VERMIETET NUR NOCH ÜBER AiR BnB!

HIER...
DEINE TOMATEN
SIND REIF!

IHR FAHRZEUG MACHT PROBLEME?
JA! DASFASSISLEER!
ADAC
HERREN TOUR 2019

ER WAR MAL DRITTER BEI "THE VOICE"!

AM WOCHENENDE WAR SIE ZUM YOGA-WORKSHOP!
EINATMEN... AUSATMEN... ...UND LOSLASSEN!

ICH WAR BEI DER PEDIKÜRE!
UND ICH HAB MIR DIE BEINE WACHSEN LASSEN!

ICH ÄNDERE MEIN PASSWORT, SONST WERDE ICH GEHACKT!
KiM

DIE MINISTERIN STELLT DAS NEUE TIERWOHL-LABEL VOR!

DIE PUNKS
SIND WIEDER
AM CONTAINERN!

NA? AUCH ANBADEN?

WIR HABEN UNS IM NETZ KENNEN-GELERNT!
Fisch-Fiete
100
Butt......
Dorsch......
Knurrhahn....
Stichling....
Krabben...
Aal......

RUMPEL!
GLOBETROTTER
NANU?
KRIEGEN WIR
GEWITTER?!?

KLASSE, DER STRAND IST TOTAL LEER!

UNSER STRAND WIRD PLASTIKFREI!
ZISCHHHHHH...

SECHS STUNDEN
IM STAU GESTANDEN,
ABER WENN MAN
HIER IST IST ALLES
VERGESSEN!

PASS OP WO DU HEN PERRST, DU TÜFFEL!
KIEK AN, EEN PLATT-FISCH!

WACKEEEN!
EY, WO ISN HIER DIE HAUPTBÜHNE?
WOA 2019
WOA
WOA

WIR HÄTTEN UNS ANGEBLICH VERLESEN!?!
SCHLAF-STRAND-KORB
VERMIETUNG: TOURISMUSBÜRO

DER LETZTE SOMMER WAR DER WÄRMSTE UND SCHÖNSTE SEIT BEGINN DER WETTERAUFZEICHNUNG!

WIR SOLLEN NICHT MEHR SO VIEL FURZEN!

ICH BIN SCHWEINE-ZÜCHTER.
ICH BIN MILCH-BAUER.
UND ICH BIN WINZER!

ACH WAS, PROBLEMWOLF!
WIR SIND VORBEREITET!
HIER BITTE NICHT!
NO
NO
NO

MIT DIESEN FOTOFALLEN WIRD DAS WOLFSVERHALTEN MINUTIÖS BEOBACHTET.

ICH LIEBE DIESE ALL-YOU-CAN-EAT BUFFETS!

HABT IHR GEHÖRT?
BEI ALDI GIBTS SCHON
WIEDER LEBKUCHEN!

WIR HABEN UMGESTELLT AUF BIO!
KIM

WER IST DER NÄCHSTE?
OBST ANNAHME STELLE
MO-FR 8-16°°
ICH!

HALLO?!?
NU' WERD
MAL NICHT
SCHLUSIG!
Kim

HIER STEHT:
FLEISCH SOLL TEURER WERDEN, DIE WOLLEN DIE MEHRWERTSTEUER ERHÖHEN!
DANN KAUFT UNS DOCH KEIN SCHWEIN MEHR!

NOCH GAR NICHT IM SÜDEN?
NEE, DIESES WEIHNACHTEN KOMMT DIE GANZE FAMILIE ZU UNS!
Kim

DU WOLLTEST DOCH IMMER EIN HÄUSCHEN AM WASSER!

DAS IST UNSER SCHÄFCHENWOLKEN-WETTER!
KiNN

PUSTIG
HEUTE, WA?

ICH BIN IRGENDWIE NOCH GAR NICHT IN WEIHNACHTSSTIMMUNG!
KIM

ER HAT BEIM GÄNSE-
VERSPIELEN ABGERÄUMT!

WO WARST DU GESTERN? WIR HATTEN DOCH WEIHNACHTS-FEIER!

VON DRAUSS', VOM FELDE KOMM ICH HER...
SIEHT MAN!

ICH HABS JA GESAGT: BIS WEIHNACHTEN KLAPPT DAS MIT DEM KRIPPENPLATZ!

WIR PAAR-
SCHIPPEN JETZT,
WA?

JiPPiiiiEEEEHHH!

...DANN MUSS ICH IM SOMMER NICHT SO OFT!

UPS...
HUSUM, WIR
HABEN EIN
PROBLEM!
PSSSCHHHHUUUiiiii